故宮御貓夜遊記 7

狻猊造迷宮

常怡／著　小天下 南畔文化／繪

中 華 教 育

責任編輯：余雲嬌
裝幀設計：鄧佩儀
排　　版：鄧佩儀
印　　務：劉漢舉

常怡／著　　小天下 南畔文化／繪

出版｜中華教育
香港北角英皇道 499 號北角工業大廈 1 樓 B 室
電話：(852) 2137 2338　傳真：(852) 2713 8202
電子郵件：info@chunghwabook.com.hk
網址：http://www.chunghwabook.com.hk

發行｜香港聯合書刊物流有限公司
香港新界荃灣德士古道 220-248 號 荃灣工業中心 16 樓
電話：（852）2150 2100　傳真：（852）2407 3062
電子郵件：info@suplogistics.com.hk

印刷｜高科技印刷集團有限公司
香港葵涌和宜合道 109 號長榮工業大廈 6 樓

版次｜2021 年 10 月第 1 版第 1 次印刷

規格｜16 開（185mm x 230mm）

ISBN｜978-988-8759-90-3

大家好！我是御貓胖桔子，故宮的主人。

故宮裏有太多的祕密，不知道甚麼時候就會碰上一個。

夏天來臨了。

黃昏越來越長，有時候太陽還沒落下，月亮就已經等不及地升了起來。

就是這樣一個黃昏，我正在慈寧宮花園裏散步。相比有名的御花園，我更喜歡安靜的慈寧宮花園。不知道是不是因為這裏的每座房子裏都供着佛像，感覺連空氣中都充滿了仙氣。所以，每天吃過晚飯，我總喜歡來這裏走一圈。

我走到臨溪亭的時候，天色暗了下來。旁邊的樹林裏，突然傳來一陣低沉的腳步聲。

我吃了一驚，站住了。在昏暗中，我睜大了眼睛往前看去，只見一隻巨大的怪獸，正慢吞吞地走過樹林。

他長得很像獅子，卻比獅子大得多。和獅子細細的尾巴不同，他身後的尾巴又大又濃密，就像是他身後燃燒着一簇火焰。

「喵。」我向他打招呼，他沒理我。

「喂！你去哪裏？」我不甘心地問。

他還是沒理我，自顧自地向前走。

這引起了我的好奇心。地球上所有的動物中，我敢說我們貓族的好奇心是最強的。無論甚麼奇怪的事情，要是不弄清楚，我們一定會連覺都睡不安穩。

於是，我快跑幾步跟在怪獸身後，想看看他究竟要去哪裏。

怪獸在咸若館拐了個彎，走進了慈寧宮花園東院，我趕緊跟了過去。

剛邁進長信門，我忽然發現，不知道從甚麼時候開始，故宮裏下起了很大的霧。

原本空曠的慈寧宮花園東院，已經變得白茫茫一片，連個怪獸的影子都看不見了。

我小心翼翼地往裏面走。近幾個月，故宮裏的工作人員一直在這個院子裏挖坑洞。人類稱這種奇怪的行為叫甚麼「考古」，我可不想掉到坑裏。

走了一段時間，坑洞沒碰到，卻碰到了一間白色的小屋子。我更好奇了，這裏甚麼時候蓋了一間屋子？故宮裏居然會有白色的屋子？

白色的屋子在又白又濃的大霧中，就像一朵雲。

屋子的牆壁上有一扇小小的透明玻璃窗。屋子旁邊豎着一塊白色的大木牌，上面寫着：「歡迎光臨狻猊（普 suān ní｜粵 宣危）的迷宮！門票免費。」

免費的迷宮？居然有這種好事？我的心好奇得發癢。於是，我用爪子敲了敲窗戶。

「啪、啪、啪！」

「嘩」的一聲，窗戶被拉開了。小小的窗口裏露出一隻琥珀色的大眼睛。這不是剛才那隻長得像獅子的怪獸嗎？他是怎樣把自己塞進這麼小的一間屋子裏的？

「請問迷……迷宮，是在這裏領門票嗎？喵。」我輕聲問。

怪獸點了點頭，從裏面遞出一片荷花瓣。

我接過花瓣說：「謝謝！不過這座迷宮為甚麼叫作『狻猊的迷宮』呢？」

「因為這座迷宮是我造的。」怪獸回答。

「你是……狻猊？」我瞪大眼睛看着眼前的怪獸。早就聽說狻猊是容易害羞的怪獸，在故宮裏很少能碰到他。

「是的。」狻猊說，「祝你在迷宮裏玩得愉快！」

說完，他「啪」的一聲關上了玻璃窗。

白屋子後面就是迷宮的入口。和白屋子一樣，這座迷宮也是白色的，輕飄飄的，看起來就像是用濃濃的白霧搭的一樣。

我叼着荷花瓣走進迷宮，在邁進入口的一瞬間，一道光閃過，我嘴裏的荷花瓣消失了。

我在白茫茫的迷宮裏沿着右邊走，這裏到處都是白色的霧牆，看起來哪裏都是一樣的。

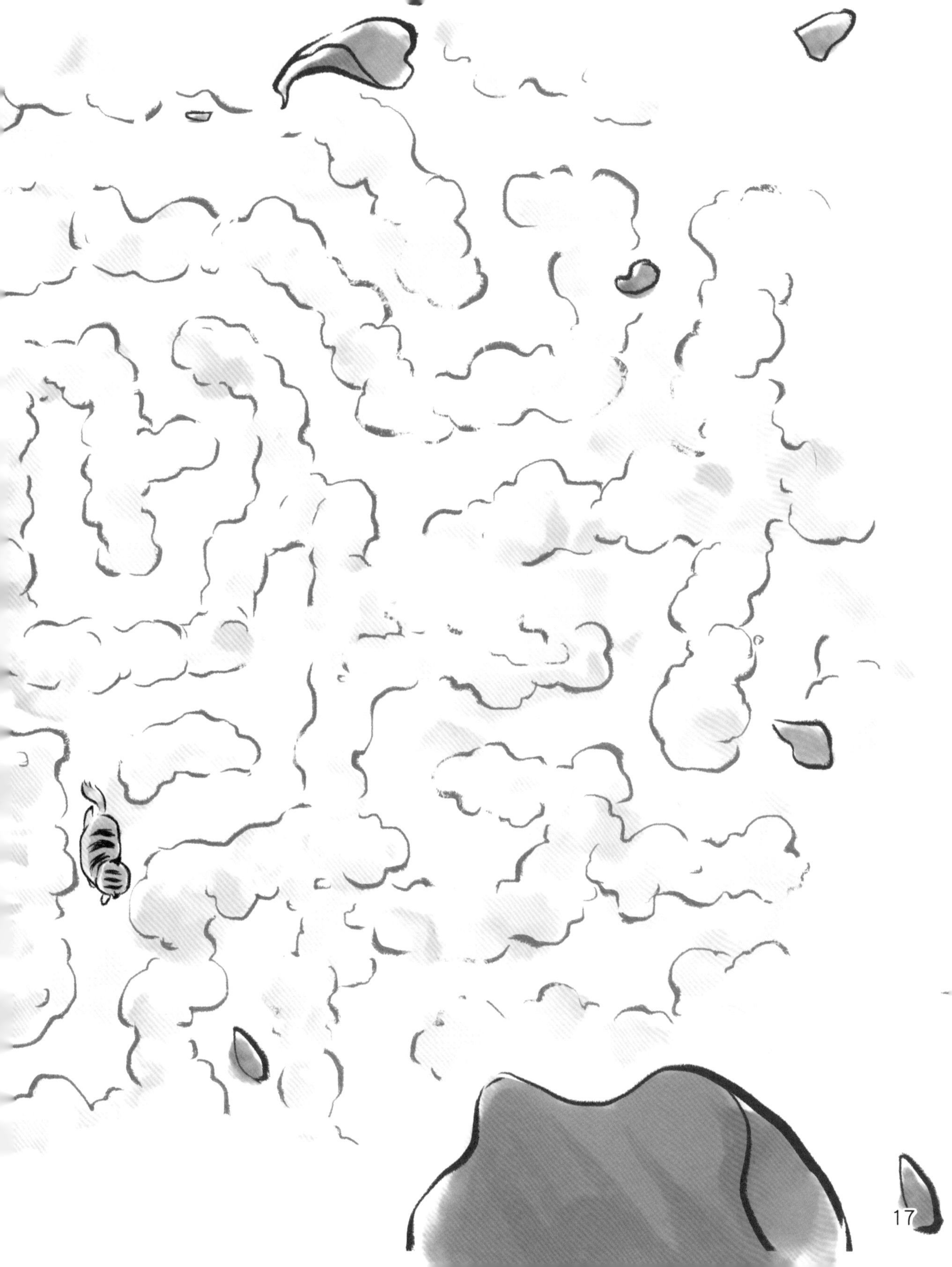

「就這樣的話，也太沒意思了。喵。」

我剛抱怨完，白色的霧氣中，一隻大鳥突然飛了出來。那鳥又白又大，是仙鶴嗎？還是白天鵝？我瞪大眼睛，跟上白鳥。

白鳥張開翅膀，輕飄飄地在迷宮裏飛着。他飛得一點兒都不快，好像要帶我去甚麼地方似的。所以，我緊緊地跟在他身後。

　　不知道跟着白鳥拐了多少個彎，忽然，白鳥「嗖」的一下，飛進牆壁裏不見了。沒有盡頭的迷宮裏，又只剩下了我一個。四處仍然是一模一樣的白霧般的牆。

　　「甚麼呀……」我低聲說着，「還以為能碰到甚麼好事呢。」

就這樣，當我拐過一個半圓形的彎時，牆壁卻開始發生變化了，從白色的霧牆上，忽然開出了一大朵、一大朵的白花。

是茉莉花嗎？還是百合花？應該都不是。白色的花在微風裏輕輕晃動着，真是夢一般美麗的花朵。

我入迷地看着它們，甚至聽到了山谷裏小溪的流水聲。我湊過去聞了聞，啊！我從來沒有聞過這麼好聞的花香。

我把頭埋進軟乎乎的花瓣裏，舒服得都不想往前走了。可是，就在這時，所有的花朵都消失了，牆面又變成了白色的、連個痕跡都沒有的霧牆。

沒辦法，只能看看後面還能不能遇到甚麼好事了。這樣想着，我邁開腿，接着往前走。

這次又走了多久呢？我也不知道。反正，就在我爪子都酸了的時候，奇妙的事情又發生了。

迷宮裏忽然長出了一棵大樹。從一株小小的樹苗，長成一棵高大的樹，大概也就用了幾秒鐘的時間。

樹幹也好，葉子也好，都是白色的。最奇怪的是樹上的果實，居然是一條條的魚。

看起來真好吃呀！我舔了一下嘴脣，肚子已經開始「咕咕」叫了。

我一步一步地往樹上爬。雖說爬樹是我們貓族天生的本領，但由於好久沒爬，身體又太重，我爬了半天也沒能爬得高。

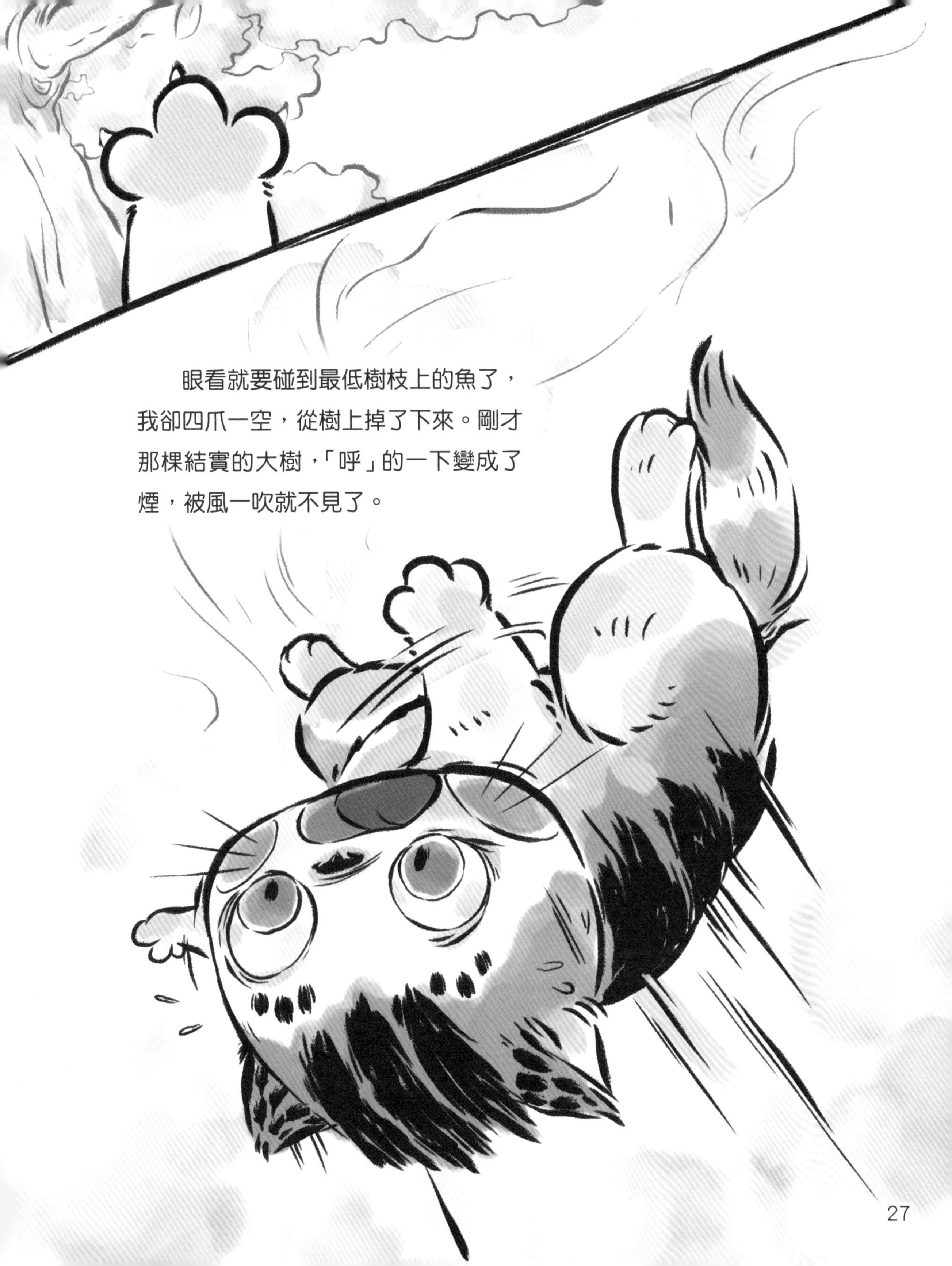

眼看就要碰到最低樹枝上的魚了，我卻四爪一空，從樹上掉了下來。剛才那棵結實的大樹，「呼」的一下變成了煙，被風一吹就不見了。

我重重地摔在地上，「哎喲、哎喲」地呻吟了半天。等我再抬起頭來的時候，發現自己居然已經趴在迷宮的出口了。

「怎麼樣？我的迷宮還不錯吧！」狻猊不知道甚麼時候從牆壁裏鑽了出來。

「好是好，要是能讓我吃到那樹上的魚，就更好了。喵。」我實話實說。

「哈哈，哪有這麼便宜的事情。這些都是煙做的呀！」

狻猊一邊笑，一邊張開巨大的嘴使勁一吸，我身後的迷宮就變成了一股白煙，全部被他吸進了嘴巴裏。

我只能輕輕地歎了口氣：「這麼好的迷宮沒了，真可惜呀！喵。」

胖橘子的故宫小百科

被煙霧圍繞的神獸

狻猊

我是太和殿上排行第七的脊獸。我是龍的第五位兒子，外表長得和獅子十分相似。由於我喜歡在煙霧的圍繞下安靜地坐着，所以古人常常把我放在香爐蓋子上，讓我做它的守護者。

雖然我是個成天「宅」在香爐上的小神獸，但我和獅子一樣英勇威猛，古書裏記載着我吃老虎和豹子的事呢！

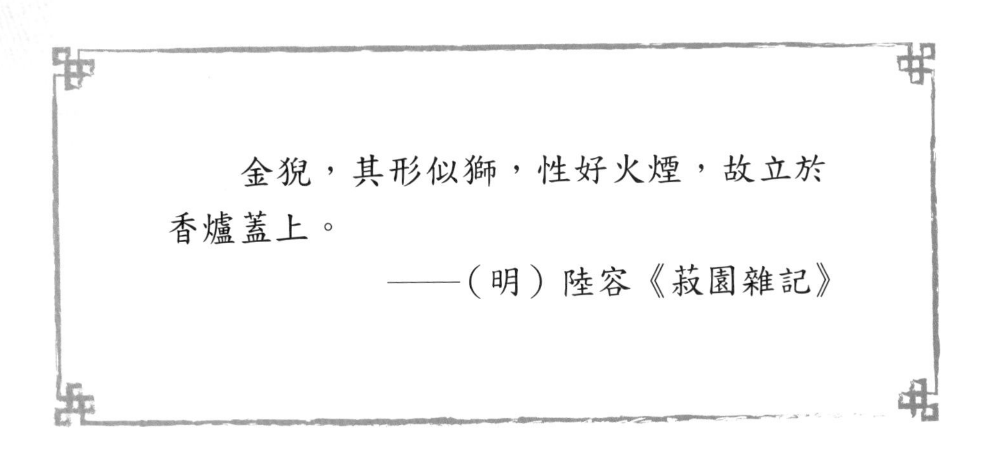

金猊，其形似獅，性好火煙，故立於香爐蓋上。

——（明）陸容《菽園雜記》

狻猊，牠的形態與獅子很相似，牠天生喜歡火和煙霧，所以站在香爐的蓋子上。

故宮小物大搜查

欄杆 文實用又好看

金水河旁、太和殿前……隨處可見的漢白玉欄杆是故宮建築必不可少的組成部分。故宮中有各種各樣的欄杆，最常見的就是「望柱」，它的圖案有雲紋、龍鳳、蓮花、石榴、火焰和獅子等樣式。欄杆的設置主要是防止有人從高處跌落，同時也有美化、裝飾的作用。

（見第 1 頁）

色彩豐富的屋頂 剪邊

故宮宮殿的屋頂多採用琉璃瓦，部分宮殿會在近屋檐的地方，使用不同於主屋顏色的琉璃，做出剪邊的效果。如黃琉璃瓦綠剪邊、綠琉璃瓦黃剪邊、黃琉璃瓦藍剪邊等，令建築物的色彩層次更豐富，增添活潑氣息。

（見第 4 頁）

填色樂園

胖桔子和狻猊的故宮專屬地圖

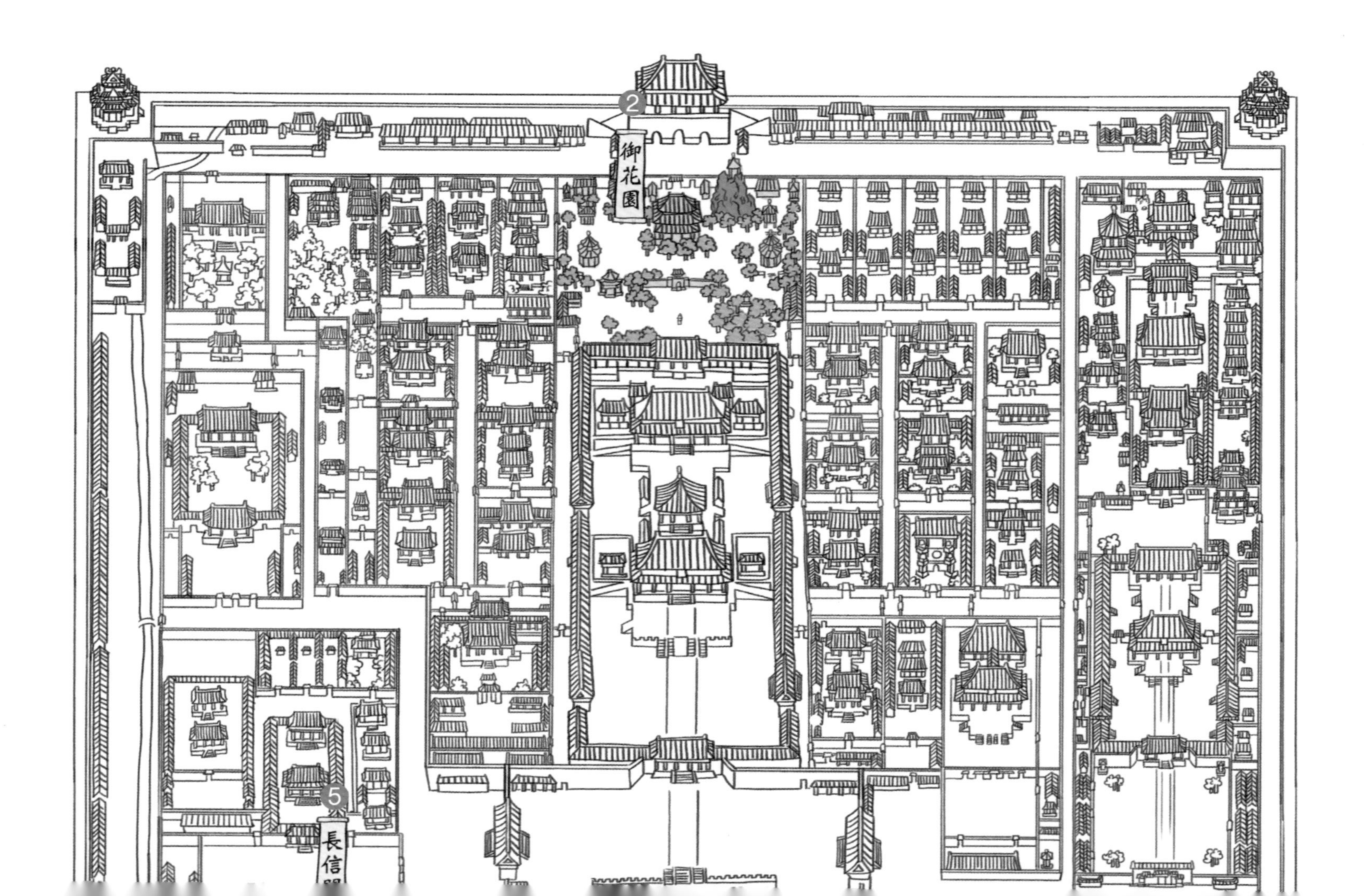

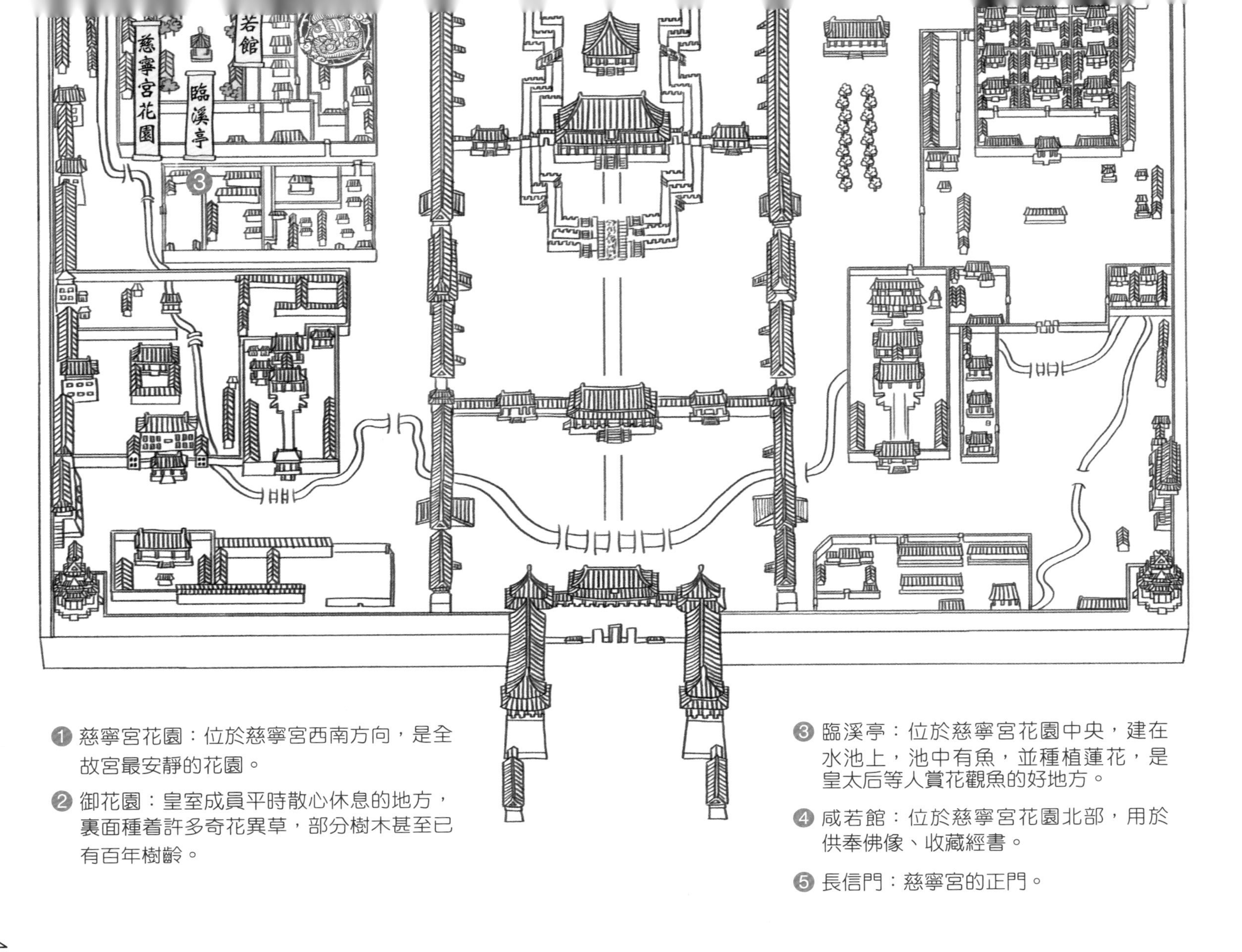

❶ 慈寧宮花園：位於慈寧宮西南方向，是全故宮最安靜的花園。

❷ 御花園：皇室成員平時散心休息的地方，裏面種着許多奇花異草，部分樹木甚至已有百年樹齡。

❸ 臨溪亭：位於慈寧宮花園中央，建在水池上，池中有魚，並種植蓮花，是皇太后等人賞花觀魚的好地方。

❹ 咸若館：位於慈寧宮花園北部，用於供奉佛像、收藏經書。

❺ 長信門：慈寧宮的正門。

作者的話

常　怡

狻猊，一種經常被認錯的怪獸。

很多資料都會告訴你，狻猊就是獅子。但實際上，狻猊這種怪獸可查到的最早記載出現在兩千多年以前戰國時期的古籍《穆天子傳》裏。而中國人第一次見到獅子，已經是《穆天子傳》成書上百年以後的事了。

獅子在歷史上主要生活在非洲，不是中國本土的動物。東漢時，西域進貢獅子到中原，才讓中原人第一次見到這種猛獸，於是就把牠當作了傳說中的神獸狻猊。而狻猊的形象也因為獅子的出現，從長得像「虥（普 zhàn｜粵 賺）貓[1]」，變成了後來的形似「獅子」。

狻猊雖然兇猛，卻被佛祖收服，成為「佛系」怪獸。因為狻猊對煙霧十分着迷，所以甘願為佛祖守護香爐，每日靜靜地看着縹緲的煙霧從香爐裏緩緩飄出。

中國古代有一種戲法，叫作「煙戲[2]」，在明清時期十分流行。《狻猊造迷宮》就是借鑒了「煙戲」中的魔幻，希望帶給孩子們一個仙境般的煙霧世界。

1　虥貓：說法出自《爾雅・釋獸》，意為淺毛虎。

2　煙戲：這種戲法常見的做法是將煙吸入口腔，再吐在空氣中，進而形成各種形狀，如常見的煙圈等。

繪者的話

北京小天下時代文化有限責任公司

俗話說：「飯後百步走，活到九十九。」看完《狻猊造迷宮》，我們恍然發現，不僅人類有「飯後散步」的習慣，貓也不例外。可是胖桔子這一閒逛，卻誤入了迷宮。

在《鳳凰歌聲的祕密》中，迷宮曾經在胖桔子的夢境中出現過。而這一次，胖桔子見到的迷宮則是狻猊噴出的煙霧幻化的。為了能讓小讀者身臨其境地體驗到胖桔子的境遇，我們選擇了多視角的構圖方式。仔細觀察，你會發現畫面中有俯視、平視、局部特寫和遠景等多種角度。這種畫法是不是讓迷宮變得更立體了呢？

狻猊是龍的第五個兒子，古籍中曾有牠吃老虎和豹子的記載，但在《狻猊造迷宮》裏，牠卻充滿童心，甚至在迷宮裏變出了美味的魚，讓胖桔子看得直流口水。你喜歡狻猊的迷宮嗎？如果你願意，你也可以用畫筆為胖桔子搭建一座迷宮。你會給他安排哪些好事，又會為他設置甚麼障礙呢？